朝への目覚め

寄り添う笑顔

まばゆい香り

鈴なり星

ひたむく明かり

道行く世界

生まる帽子

夢への階段

花の和歌

王 昌平
Shohei O

文芸社

もくじ

花の俳句

花がさく　色はなばなし　なごむかな

さきみだれ　心ゆかしき　花ごころ

ふりそそぎ　花がみちけり　日がのぼる

たわむれて　いろあざやかに　花つつむ

かがやきて　つきける花に　にじのいろ

花さきて　いとおしくるは　みちるたび

つきがでて　よざくらさきる　うつつかな

ういしくて　めざめきみちの　花つぼみ
たしまれど　花さきけるに　はなやかな

うれわしき　いろとりどりの　花あせて
たそがれの　花のさくいろ　うつつかな

バラのさく　きせつの色に　たそがれる

花さきて　ゆかしき心　つつむかな

花つくは　さざなみごとし　しずけしに
たしなみて　したしみえるは　ふれる花

はるおこし　うれゆく花は　心にも
しきそまり　けむりおいては　かおる花

おとたてり　さわぐすがたに　ふぶく花
みみすまし　そよめく風に　注ぐ花

なごりゆく　花がさきゆき　いとしくて
いろつきて　ちりける花も　うるわしき

花がまい　風にたなびき　いとおしく
ささくれの　たんぽぽちるは　たねまいて

ちるはなも　花によりそい　たそがれる
色あせて　さくらまいちる　心かな

ちる花も　咲きみだれては　おしむかな
こころさく　花がさきゆく　ちる花も

咲きゆく花も色あせて
つつましい

花の短歌 I

なごりゆく　ちりゆく花に　おしむかな
おしむ心は　きよけり思い

さくらぎや　かぜにあおられ　花がちる
ちりけりたなび　さく色かえて

花がちる　花のなごりに　おしむかな
なごりしさまに　つく葉もあせて

さんざめく
たしなみえるは
花なごむ
あふれる思い
てらす顔にも

さんさんと　ふりそそぎては　花あせて
うるおしさまに　さみだれこくに

てんたかし　花みだれては　さんざめく
よりくるごとに　はなやかまして

雨ふりて　うるおしけるに　いとむ花
いとまし思い　すがたかえけり

なじみえて　さきける花に
たわむれて
たわむるすがた　よびけるしきに

花まうて　みつけるうたに　かぜふけり
ふぶけるごとに　まううたときて

つゆざくら　しきおりおりと　花まいて
まうてはゆれて　いとむ葉おちて

つゆかぜに　ゆられてみけり　おちる花
心なごりて　ちる花いとし

花しずく　したたる水は　うるわしく
うれる花にも　うるおしこころ

うみひろし　さざめきけりな　あそぶ花
すがたかえけり　しとやかさくも

花つきり　こいしきなるは　きがつのり
つのけり思い　あすかぜはこび

そらすみて

いさぎむ花は

いつくしき

いつくしさくも

大地にさわり

てんあふれ　地てらし花は　せいごとし

ねむり地めざめ　せいれいよびし

ひかりよぶ　つどいし花に　生《せい》かんず

もとなりめいは　かぎりしあかり

花いけり　つよきちからに　おとなしさ
みせけりうでも　もろけしこころ

さく花に　かみなりなるは　あらしよぶ
したたかさくは　みつむねしみて

あさあけり　てらすお天と　生きる花
いぶきあたえり　ふきこむいのち

花まうて　しとやかさくも
しなやかな
ふれる思いに　しなやか感ず

花みだれ　したたるこくに
しぐれどき
つのけり天に　なみだためけり

ほしてらし　ひかりつどうは　聖《せい》の花

生のともしび　めいなりあかり

こえたてり　ひびける花も　勢《せい》もてり

よびけるすがた　さかすときみて

青くそめ　空にてる花　色みせり
すずしくさくは　ときゆだねけり
ひとつみて　ひろがる花に　ひとときに
いたわりもてり　うれるすがたに

ゆめみいて　せせらぎごとし　花すむも
うまれてちるは　はかなさあらい

滝ごとし　流れるさまに　花つもり
思いきざまれ　さく色覚え

ちりみだれ　にじんだ橋に　花うつし
水辺てらすは　ほころびつたう

きりかすむ　かすみのぞけり　花かくし
かすかないのち　ともしびごとし

花さわぐ　きせつてらすも　秋の顔
みいてはきえり　かおりのこして

生やどり　つどいし花に　あすよびし
ひらき日ごとし　しゅあすおくり

みおきけり　つぐかげのこし　花みのり
いだき身さがし　春かさあけて

花ながめ　とけてはにごる　ゆきつもり
うつす冬にも　あすの火もやし

夏めざめ　よぶ朝むかえ　だく花に
つつやくみみは　むねみにしみて

はねひろげ　よる花みけり　天みつは
さかし日の空　そよぎこえたて

いずみわき　水のほとりに　花ふくは
ぬくぬるいきて　さますしんよび

ひとみあけ　つぐう花とく　いぶくめに
あゆむひといき　つぐ葉もねむり

もんたたき　うかぶ陽まつは　かざす花
きらめくおくは　天地のめぐみ

まど差すは　祈りとどかす　花わきて
ひそむゆだぬも　こぼすようおち

目をあらう　こする景色に　花ながめ
ほほえむあかり　渡すみちのせ

とうげこす　そびえる山に　待つ花は
空気やわらぐ　やすぐせいきき

あふる川　流れおちるは　花びらに
　なじむ花ふく　まく葉も染めて

母の花　使者仕える　仁あふれ
　神秘かかえる　感喜うるうも

清とどき　無垢な乙女も　願う花
望み愛おち　慈悲いたわりて

神かよう　みちびき竜　花いきて
全能知るは　万物おさめ

善意つく　進む足にも　運ぶ花
　よぎるりょうに　切実語り

がくさずけ　業まなぶは　花おしえ
　さけぶとどろき　禅師の訓に

人の意も　うつ情ほつ　花の知に
届く身おくは　咲かす実よんで

心意つく　精気もたらす　花の気に
精神かかぐ　心眼さきて

手をあわせ　つかんだ花に
　　　　　　　彩おいて
　　結びしん照る　晴る天とどき

花やどる　なじむ足にも
　　　　　　　地におくは
　　見据える鏡　光明沃《こうみょうい》て

口きくは　通い息ふく　待つ花も
はしるはびこり　ふくるむねおき
切な花　よぶ声なぐも　ささめきな
おくる陽浴びて　しまう心意に

足とまり　かたずのんでは　さそう花
鳴る音みみに　ひびく意気にも

手をたたき　拍子うつは　おどる花
かなでる舞に　鼓動ふるうも

悟道知り　こころう風情　得る花は
よむ詩歌問うも　摂受うけ

花おりて　紙ふくごとし　こぼす風
そよ吹く散りて　心地豊かな

義に生きて　情愛持つ　しるす花
慈善生ず　五常理《ごじょうり》には

慶《けい》てんず　まばゆし花は　きらやかな
喜びひかる　てらす目はなち

心気持つ　歌学修むて　とどむ花
余情詩意に　慈愛あとにも

雲やけて　降る花被す　色染めて
朝日願うは　希望明日にも

霜おりて　うるうつらに　休む花
したたる氷　生む道尋ぬ
翼あけ　情理徳に　駆く花も
善道想は　冥感《めいかん》さづく

森覚まし　鳥のさえずり　花呼びて
土を踏むたび　まばゆし知るも

款あふる　道歌模様に　花着すも
笑う鮮やぐ　詠ず腹出づ

原育ち　恵まる郷は　花の師に
広がる自然　かえる土地見す

花摘みて　詰めるかごにも　迎ふ人
同志目覚むは　道義の門に

六義読む　感応与ふ　揺る花は
光《こう》駕《が》詩《し》唱《との》ふ　ゆする気召すも

谷過ぐは　いただきのぼり　拝む花
伽藍《がらん》石《いし》積み　加護の光華に

花の短歌 II

詩想追い　斯文の答え　船出すは
波立つ花に　ひきたつ顔も

御心に　とうとぶ花は　みことなり

天地創造　創始の鍵に

はたごやの　生く道守る　おおう屋根
求む志救い　放く花勇む

五義の縁　撰《せん》の語義にも　託す花
孝慈《こうじ》の友は　義に恭率《きょうい》て

緩がしの　ほのぼの過ごす　ころおいに
時候まかすは　染む花色も

真《しん》ぞ事　神佑《しんゆう》崇《あが》む　ささぐ花

仏おぼすは　聖典《せいてん》好《こう》に

恩恵に　授かる歌意も　歌う花
光彩浴ぶは　生気もと打つ

感悦は　芳の源　きざむ花
巧笑《こうしょう》恋《こ》ふ　いろどりみとる

鐘の音　栄ゆ都に　幸落とし
包む真心　呼ぶ花成るも

清転ず　恋歌念ずは　切なさに
感慨広し　生ふ花あけて
いとけない　のぶ花まつも　目覚ましく
告ぐ言きくは　未知の世広ぐ

むつぶ花　あまねく島に　空明かし
清澄請う　ふうりう洗い

あと背負い　面影引くは　花つなぎ
とどむ答ふも　咲き継ぐ拾い

調べ問う　衆生聞く　歌伝ふ
囃子奏づは　まう花実り

大安に　お御堂越すは　招く花
祭るほこらに　祝祭明《あ》く

神聖の　清浄なる　晴る花は
清らか光り　起《お》く朝目覚め
雄大な　つまむ頬にも　目が開き
鈴なり花は　つづる神楽に

蜜もらい　蝶がまうは　花生まれ
短冊飾り　成就実に
眼光に　まなざし送り　迎ふ花
めくわせ染むも　明かり呼んでは

暮らし立つ　めづ家むかえ　なつかしむ
魅了ひかれ　ひきつく花に

煌煌は　みなぎる足すも　花こぼる
晴天ごとし　きららかあふる

天の川　流星落つ　ときこえて
さいわい登り　はてなき花も

花園の　庭園めぐる　寄す花は
光陰流る　花色まくも

はく息に　命のいぶき　添える花
帽子かぶるは　芽吹く気づくも

捧げ物　供物授かり　供ふ花
晏如《あんじょ》受くも　憩う場与ふ

笹船の　こいではきえて　流る花
小川浮かぶも　いずこ旅立ち

笹笛の　口ぶえ吹くは　花の音に
はしゃぐ端唄　歌楽福きて

壁こゆて　威勢ぶつける　しのぶ花
天災しのぐ　華麗うち秘む

雨風に　うたれて開く　恋ふ花は
いつくししまい　おしむのこして

詞花説いて　あやなす花に　講ず知る
仕掛く色香は　匂みがいて

好意得る　膏沢《こうたく》呼んで　艶ますは
いだす光沢　魅す花秀づ

吟声の　誦詠《しょうえい》問う　はずむ花

空気とぶ詩に　始む息かけ

吐息つく　一息入るも　ためらふて
元気なおるは　はつらつ花に

ゆかり得る　硝子透く目に　通い貫く
しおほす器　より添う花も

おもほして　花に召される　みそなふも
御園生守り　神意つなぐは

棟《むね》の鴟尾《しび》　しゃちほこ発　御霊おり

のける火念ず　安穏《あんおん》花《はな》に

聖火継ぎ　絶えず炎に
意志燃ゆて
意向いましめ　訓誨花《くんかいはな》は

たいまつに　まきをくべるは　いろりたく
暖《あたた》む花に　うららか馴染む

ねぎらうて　可憐な花に　いとしげな
いたいけなりは　気持ち揺れるも

花撫づて　恋しはせるは　なつかしぶ
感喜の胸に　驚きあふる

のどかなり　くつろぐもとむ　ほがらかに
慶事祝うは　寿花に

身をかがめ　寄り添う肩は　花囲み
期待の先に　未来見つむも

奮い立つ　勇気しぼるは　ふるう花
極み学ぶも　かなふ願いに

清真に　真実事は　正す花
真如記す　まこと悟るも

ちよろづの　にぎわう舞台　多彩なり
栄光富むは　神仏花に

沢辺覚《さ》む　沼地のほとり　みずく花
ゆるがぬしんに　固し根もとは

箱開けて　飛び立つ花に　おどりでる
嬉しこみあぐ　湧いづ泣いて

あとがき

花に対しての生命とは、人の心においての根源力となる思想。人生としての花を添えるには、日の光を浴びるが如し、ひたむきに歩み出す太陽。これ、すなわち、内に秘めたる心の明かり。

照らされる胸に導く明日、希望に満ちた人生という名においての大輪花。そして、さらに、健気に生きる花を咲かせる朝を迎えての輝く未来。そして、灯火の心とは、生物にとってのかけがえのない命。

これら、いろんな要素を糧に生きる世界観を、道筋あっての花として見た場合、生き物に望みを残す始まりあっての生まれ、そして、生まれることによるはかない命。だからこそ、力強く生き様を抱えながらも、先を見つめるように願う明日。

これらのことを含めて、人生観に置き換えると、人生という「花」とは、生まれる思いだけ、いろいろな色を咲かせては、磨く数だけ輝き、引き立てはなたれるのだと思います。

王　昌平

著者プロフィール

王 昌平（おう しょうへい）

神奈川県横浜市出身
日本園芸協会所属

花の和歌

2017年4月15日　初版第1刷発行

著　者　王 昌平
発行者　瓜谷 綱延
発行所　株式会社文芸社
〒160-0022　東京都新宿区新宿1－10－1
電話　03-5369-3060（代表）
03-5369-2299（販売）

印刷所　株式会社フクイン

ISBN978-4-286-18135-6